Bite Maker
Ω of the King

3

Miwako Sugiyama

Miwako Sugiyama

Bite
3 Maker
Ω of the King

Die Charaktere

Die Schule, welche Nobunaga und die anderen αs besuchen. Sie wird vornehmlich von herausragenden Persönlichkeiten besucht und liegt in der TOKYO Shinjuku-Sonderzone (TSS).

Staatliche Akademie Azuchi-Momoyama Senior Highschool

Yukimura Asagi (α)

Gehört zu den Numbers. Er scheint einen sanften, warmen Charakter zu haben.

Nobunaga Suo (α)

Einer der besonderen TSS-Schüler. Gehört ebenfalls zu den Numbers. Mit seinen überwältigenden Pheromonen und seiner »Kraft der Augen« hat er die besondere Fähigkeit, die Handlungen von anderen steuern zu können.

Hideyoshi Aoni (α)

Einer der besonderen TSS-Schüler. Gehört zu den Numbers, welche die Akademie kontrollieren. Kühler und ruhiger Typ.

▌Servants Info: Grundsätzlich werden einem α drei Servants zugeteilt.

Die Servants, die Yukimura dienen.

Yukiya (β)

Yukito (β)

Yuki (β)

Die Servants, die Nobunaga dienen.

Noel Mamesaki (Ω)

Ist auf Einladung Nobunagas an die Azuchi-Momoyama gewechselt. Sie versteckt ihre Identität als Ω und wird Nobunagas Servant.

Ran (β)

Die Servants, die Hideyoshi dienen.

Ukon (β)

Sakon (β)

Nakaba (β)

Städtische Highchool Shinjuku-West

Eine normale Schule mit gewöhnlicher Schülerschaft (vor allem von βs besucht)

▌Noels Kindheitsfreunde

Iyo (β)

Eine Schülerin, die sich ständig verliebt.

Hiro (β)

Kumpeltyp und Fußballspieler.

Die Welt von *Bite Maker*

▌Schauplatz ist das in naher Zukunft liegende TOKYO. Außer der Unterscheidung zwischen Männern und Frauen gibt es noch die Einteilung in αs, βs und Ωs.

[Alpha]

α

αs sind von Geburt an mit gutem Aussehen, Intelligenz und und besonderen Fähigkeiten gesegnet. Wenn sie in ihre Brunstzeit, die Rut, kommen, reagieren sie besonders empfindlich auf die Pheromone von Ωs.

[Beta]

β

Die gewöhnlichste Gruppe. Ein Großteil der Bevölkerung gehört ihnen an. Sie stoßen keine Pheromone aus.

[Omega]

Ω

Ein auf Fortpflanzung spezialisiertes Geschlecht. Gebärt mit Sicherheit αs. Während ihrer Brunstzeit, die bei den Ωs Heat heißt, produzieren sie unwiderstehliche Pheromone, welche die Menschen in ihrer Umgebung antörnen und gedankenlos machen. Ωs sind vom Aussterben bedroht.

▌Inhibitoren

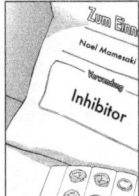

Medizin, die den Ausstoß von Pheromonen einschränken kann. Noel verwendet sie, damit sie ein Leben unter βs führen kann.

▌Paarbindung

Ein starkes Bündnis, welches nur zwischen αs und Ωs entstehen kann. Begegnen sie sich und entsteht instinktiv sofort gegenseitige Anziehung, spricht man von »vom Schicksal auserwählten Gefährten«.

Was bisher geschah

Der zu Großem bestimmte Nobunaga zeigt Interesse an Noel und sie wechselt an die Akademie Azuchi-Momoyama, während sie ihre wahre Identität als Ω weiterhin geheim hält. Sie wird als Nobunagas neuer Servant vorgestellt und kann mit ihrem Charme die Schülerschaft für sich gewinnen. Nobunaga, überwältigt von Noels Auftritt und nicht in der Lage seine Gefühle in Worte zu fassen, versucht, sie mit einem Biss in den Nacken an sich zu binden. Er lässt erst von ihr ab, als plötzlich Yukimura auftaucht und sie mit in seine Wohnung nimmt. Sein Zuhause ist für ein einfaches Leben ausgelegt und ganz anders als man es von den elitären αs erwarten würde. Wie wird Noel reagieren, nachdem sie erfährt, dass er plötzlich von einem β zu einem α mutiert ist ...?!

Inhalt

Bite Maker 3

Ω of the King

Kapitel 7

»Ja, so
ist es. Ich
bin plötz-
lich zum α
mutiert.

Zu
einem
der Num-
bers.«

KICHER

クク...

Mamel ...?

Was ist das für ein Gesichts- ausdruck ...?!

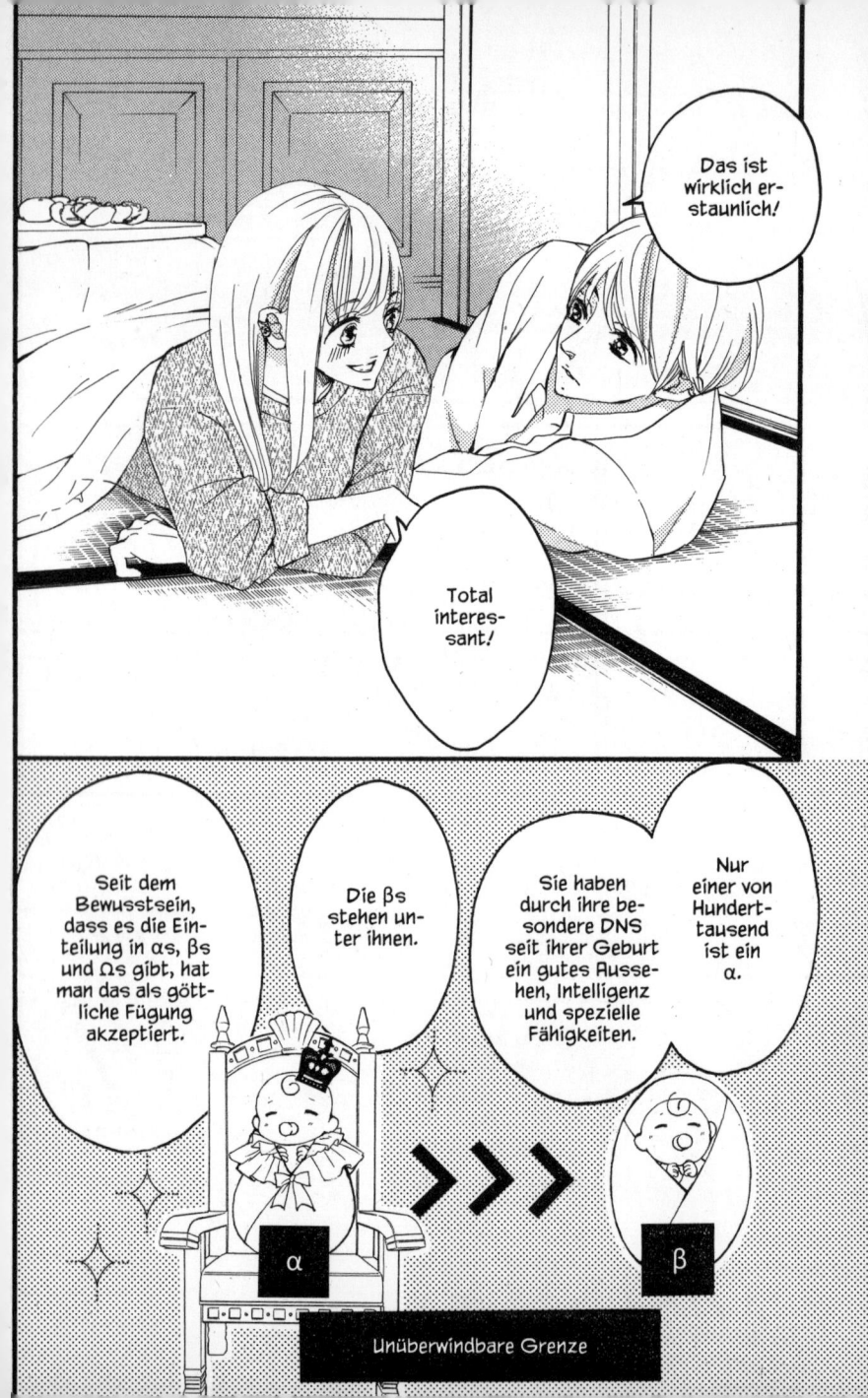

Du hast diese Linie überschritten und so zerstört.

Diese wichtigtuerischen αs ...

... wird das sicher nicht kalt gelassen haben!

LACH

Oje, allein die Vorstellung ist lustig!

PRUST

Sie zeigen mir alle die kalte Schulter.

Das ist ungewöhnlich. αs sagen meistens, dass ich unlautere Mittel benutzt haben muss, damit ich mich unter die Privilegierten mischen konnte.

Ich bin dem gegenüber neutral!

SCHRECK

Du echt keine typische α, Mamel!

Ran-chan* hat mich auch so einiger harter Kritik ausgesetzt.

KEIF KEIF

*verniedlichende Anrede für gute Freunde und kleine Kinder

Das ist das erste Mal, dass das jemand ...

... interessant nennt.

... nur mein Umfeld hat sich unglaublich schnell gewandelt.

... habe mich kein Stück verändert ...

Ich, der von β zum α geworden ist ...

Arbeiten, eine warme Mahlzeit essen, auf einem trockenen Futon schlafen gehen können.

Einfach ein Junge. Einfach Yukimura Asagi.

Ich war die ganze Zeit ich selbst.

Gibt es einen Grund, warum man α oder β sein soll?

Ganz ge-
wöhnlich mit
einem süßen
Mädchen aus-
gehen, es ganz
normal küssen
und mit ihm
Arm in Arm
spazieren
gehen.

Das
ist meine
Vorstel-
lung von
Glück.

Aber
wenn
ich ...

... eine
Ω tref-
fe ...

... die
meine vom
Schicksal
auserwählte
Gefährtin
ist ...

Als hätte ich einen Witz gemacht !...

Ich hab's etwas zu weit getrieben.

War nur ...

... Spaß.

BLUSH

... bin nur ...

... überrumpelt ...

Tu... tut mir leid ...

... ähm ... ich ...

Ich will sie noch mehr anstacheln ...

Diese verlegene Reaktion ...

Was ... echt jetzt?

ZITTER

ZITTER

*Anrede für Jungen und jüngere Männer

Ist nur lauwarm. Hätte schlimmer kommen können.

Alles okay, Nakaba ...?

Heiß! Was tust du da?

Du wirst keine Brandwunden davontragen.

Nobunaga-dono*, das ist brutal!

*ehrerbietige Anrede für höhergestellte Persönlichkeiten

Schei-Be ...

Ts.!

HIBBEL

HIBBEL

HIBBEL

HIBBEL

...

...

Nobunaga!

KLACK

TUSCHEL

TUSCHEL

Warum ist Nobunaga-dono im Servantzimmer?

Und warum müssen wir uns darum kümmern, seine Süßigkeiten aufzuräumen?

?

Wovon redest du?

Sie? Wen meinst du?

Egal, wo ist sie eigentlich hin? Muss schon sonst viele Stunden her sein, seit sie weg ist.

STARR

Wenn ich »sie« sage, kann ich nur eine meinen.

Seine Wut an anderen auszulassen schickt sich nicht.

Ich will so was nicht mitansehen müssen!

Selbstver-
ständlich
Noel!

Hmpf!
Spinnst
du?

Sie
soll
einfach
hierher-
kommen.

Kannst
du das
nicht selbst
machen?

Warum
soll ich
den Lauf-
burschen
spielen?

Bitte?!

...

Ver-
steht sie
nicht, was
sie als
Servant
zu tun
hat?

Was
zum Teu-
fel treibt
sie denn?

Ran,
such
nach
ihr.

Darf ich ... dich küssen?
Nein.
Wenn du das tust, werde ich dir nicht ver-zeihen.

Ich küsse nur Menschen, die ich liebe.

Entschuldige.

MURR

Mamel-
sama ...
es tut
MURR
mir aus-
gespro-
chen
leid ...

Es hat
nicht ge-
klappt! Es
war nur ein
Versuch!

Ich
habe
keinen
einzigen
Kratzer!

Yukiya-
kun! Es
ist nichts
passiert!

Mein
törichter
älterer Bru-
der hat dich
ruiniert ...!

Nimmt
mein Leben
als Entschul-
digung
an ...

Erdbeerlöffel

Endlich ist er da!

Yuki-mura-sama!

Mein Bruder ist als rettender Auswärts-spieler da!

Er nimmt jetzt als α an einem Klub-Spiel von βs teil?

Wenn ein α mitmacht, dann werden das 20 Punkte Dif-ferenz.

Ugh!

Mist, er ist gekom-men!

Und ich kenn echt alle, die in dem Team sind.

Ich hab doch gesagt, »Yukimura« reicht!

Yukimura-sama! Die sind so gut wie die japanische Nationalmann-schaft!

Die spielen dre-ckig.

Aber das macht nichts.

JUBEL

AZUCHI
MOMOYAMA
7

Mein Name ist Yukimura.

Ich bin der α, der Wunder wahr macht!

KICK

JUBEL

... hat nichts damit zu tun, ob er α oder β ist.

Er benutzt seine Fähigkeiten großzügig dazu, anderen zu helfen!

Aber das, was ihn so toll macht ...

Er hat sich kein bisschen verändert!

Mein Bruder lässt alle darauf hoffen, dass er damit die Grundlage für eine neue Ära schaffen wird.

Der erste α dieser Art.

Jemanden wie ihn gab es noch nie.

BATSCH

Yuki-
mura-
kun!

Nobu-
naga-
sama!

DASH

Nobunaga ...!

SPRING

Bruder!

Yukitokun!

Yukiyakun!

Tretet zurück.

Yukito, Yukiya.

SCHÜTZ

AZUCI
MOMOYAMO
7

Du Knirps!

Was erlaubst du dir, Nobunaga so unhöflich anzusprechen?!

Außerdem war ich grade dabei, Noel zu bitten, mit mir auszugehen.

Es gibt einen Trick, damit Lederschuhe länger halten: Keine Bälle damit treten.

Was bitte meinst du mit ...

... ausgehen?!

Aber ...

... von mir wirst du es nicht erfahren.

Nobunaga ...

... du hast es immer noch nicht raus, oder?

Ich versteh kein Wort.

Dafür versteh ich jetzt, was du für Mamel empfindest ...

Musst du auch nicht.

... und auch, dass ihr nicht miteinander geht. Das beruhigt mich.

Das hat etwas damit zu tun, wenn man sich in Leute verliebt.

42

Gehen wir, Ran.

Du weißt schon, dass wir uns um den Release kümmern müssen?!

Argh, Nobunaga, du Depp, was soll das?!

Liebe zwischen Meister und Dienerin?

Sind sie einander versprochen?

Sind Nobunaga-sama und Noel-sama* zusammen?

*sehr höfliche, geschlechtsunabhängige Anrede

Noel.

FLAPP

Danke
für den
heutigen
Tag. Es war
schön.

Ich hab
mich auch
über dein
Geständnis
gefreut.

Mamel!

Ich hab
ihre Bei-
ne gese-
hen ...

... bis
zu den
Ober-
schen-
keln.

HOPP

Aber
ich ...

An der
Akademie
bist du derje-
nige, mit dem
ich am leich-
testen re-
den kann.

Es
macht
Spaß.

... habe
mich dafür
entschieden,
selbst zu be-
stimmen, wen
ich liebe.

Ich
werde
jemanden
finden ...

... und die-
se Person
auf meine
Weise lie-
ben.

Hach ... oh Mann.

Sie ist so verdammt süß.

Bruder, setz dich hin.

Wir verarzten dich!

Aber ich habe es verstanden.

Natürlich gebe ich mir Mühe, wenn mein Schwarm vor mir steht.

Ehrlich, warum musst du auch so angeben?

Yukiya, das tut weh!

Ich muss erst mal dafür sorgen ...

... dass sich Mamel in mich verliebt.

Nobunaga.

Hey, Nobunaga!

Was soll diese Einstellung?

Ich will nicht.

Du musst dich zusammenreißen und selbst um deine Launen kümmern!

Du musst besser aufpassen!

Ich will das nicht ...

Was willst du tun, wenn deine Kraft der Augen außer Kontrolle gerät?

Antworte mir wenigstens!

Ich will das nicht.

Nobunaga!

Ich will das nicht.

Äh, lässt sie mich mit ihm allein?

Ich organisier mal was Süßes. Das gibt seiner Laune einen ordentlichen Kick.

Wenn er so drauf ist, dauert es ewig bis er sich abgeregt hat.

Das bringt nichts. Er ist durch.

Wir reden hier doch von Nobunaga Suo!

Mensch, ist denn kein Laden mehr zu was zu gebrauchen?

Ah, hey ...

PIEP
TOOT TOOT

Ich will mit den Verantwortlichen sprechen!

Das muss gehen! Ich will, dass Sie es herbringen!

Wie oft soll ich es noch sagen?

Ey!

Yuki-mura!

SPRING

Die heißbegehrten Pancakes von Bills!

Ich kenne da jemanden, ich werde ihn darum bitten.

Aber ...

Bevor ich mich auf dich verlasse, sterbe ich lieber ...

Komm mir nicht so nah!

Shh, shh!

52

... du bist doch auf meiner Seite, nicht wahr, Ran?

Die Numbers haben besondere Fähigkeiten ...

Nobunaga kann seine Augen verwenden ...

... und bei dir ...

Was?!

KLATTER

Bite Maker

Ω of the King

Kapitel 8

Aah ...
Hör ...
Ah ...!
Hah ...
Hör damit ... Hör auf damit!
Hah ...
Ah!
Fühlt sich das gut an?

KEUCH
Nein, es ist abartig ...!
Meine Finger sind eingesaut!
KEUCH
Normalerweise macht mich das bei Typen nicht an!
Ach, wirklich?
!
Hör ...
Hah ...
Ah ...

»Was wird wohl aus dir werden, wenn ich dich küsse, Ran-chan?«

Das lasse ich nicht zu!

Was ... soll das?

Warum macht er so was!

LECK

Ran-chan ...

ZUCK

Ah!

... ich ...

Oh nein, nicht ...

Die Fähigkeit von Yukimuras Mund. Allein indem er seinem Opfer ins Ohr flüstert ...

... außerdem ist er groß und sieht unnötig gut aus ...

Es nervt, wie sexy er klingt ...

SCHMATZ

ZITTER

LECK

Haah!

Hah!

ZITTER

Aufgrund seiner plötzlichen Mutation hat er diese unglaubliche Anziehungskraft ...!

Ich wünschte, ich hätte so eine Kraft bekommen ...!!

Nhah ...

STREICH

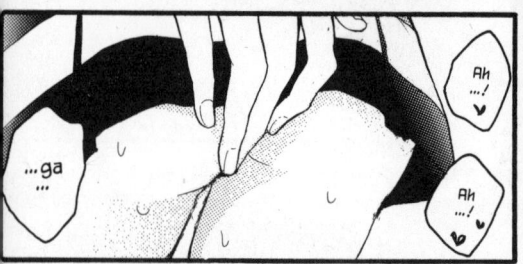

...ga ...

Ah ...!

Ah ...!

SCHAUDER

SCHAUDER

... und mein Kopf ...

... ist völlig leer ...

Mein ganzer Körper prickelt ...

Hah ...

Hah

Wein
doch nicht,
Ran-chan.

Nobu-
naga ...
Hilfe!

64

Nobunaga.
Hey, komm ...
Sprich mich nicht an! Ich werde bis zum Frühling schlafen.
ROLL
ROLL
Ich will nicht mehr.
Sein Winterschlaf hat begonnen ...
Das soll der große Nobunaga sein?
Werd schwanger!
Will nicht. Will nicht.
Ich spritz mein Sperma in dich rein!
STRAHL
Ähh ...

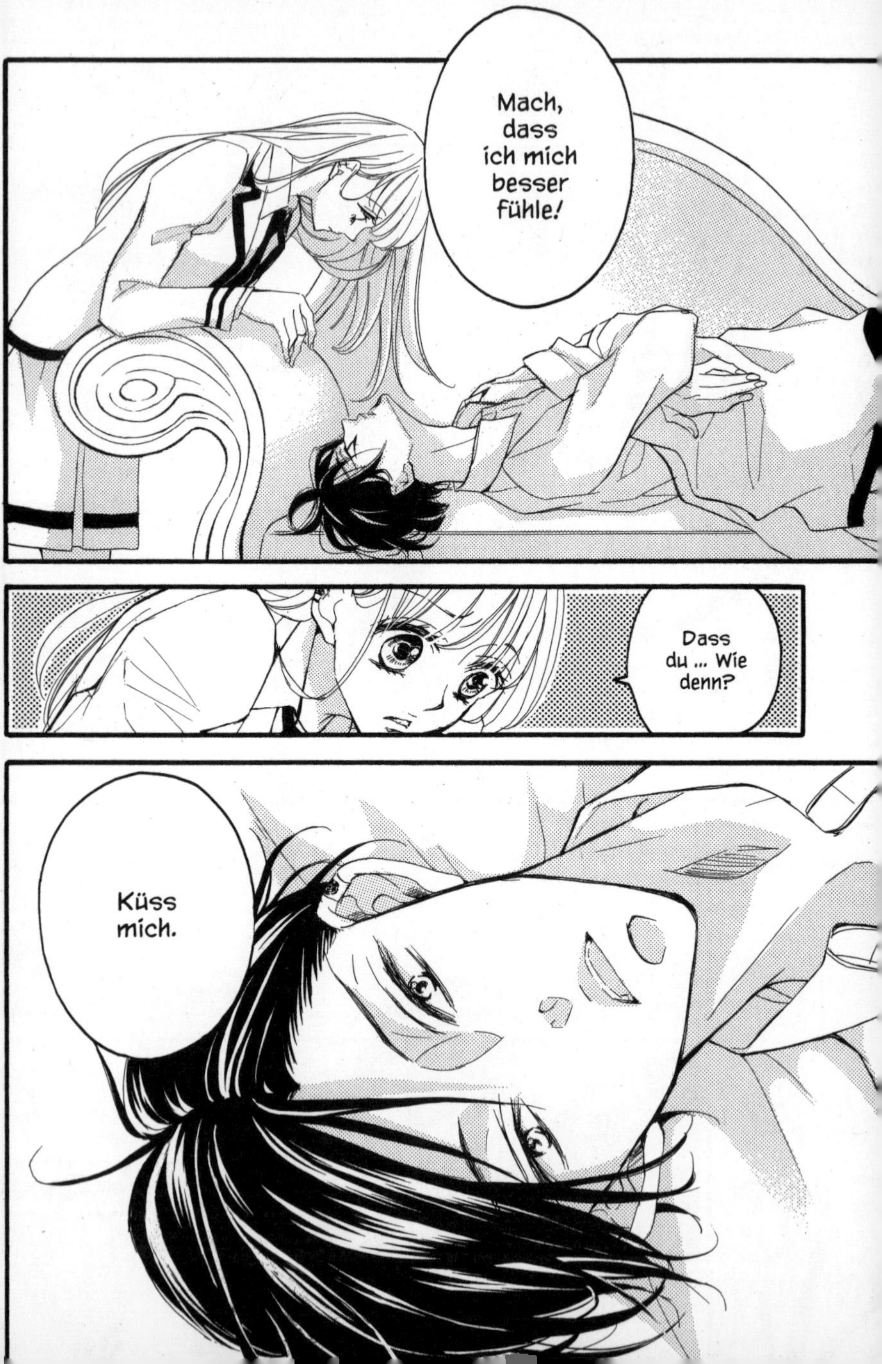
Mach, dass ich mich besser fühle!
Dass du ... Wie denn?
Küss mich.

Menno ...

Du hattest heute schon mehr als die vertraglich vereinbarten Küsse!

Abgelehnt!

Mund ...?

Dann ... machs mir mit dem Mund.

Nur über meine Leiche.

Ihn küssen? Ich glaub nicht.

SEUFZ

Einen Blow-job.

Gwaargh?!

Ich schlafe jetzt. Sprich mich nicht mehr an.

Mit dir kann man da nichts anfangen, du würdest ihn eh nur ab-beißen.

DREH

KEUCH KEUCH SPUCK SPUCK

Dann beiß ich ihn eben ab!

PACK

Was ...!

Na schön.

Nh ...

Dieser Kerl ...!

Und,
fühlst
du dich
besser?

Ich ha-
be ihm nur
einen bedeu-
tungslosen
Kuss ge-
geben ...

... und le-
diglich seine
Augenlider
berührt ...

Und trotz-
dem habe ich
noch nie ...

... einen
so stark
pulsierenden
Schmerz ge-
spürt.

...san*.

Ran-san.

SCHRECK

*höfliche, geschlechtsunabhängige Anrede

Äh, was ist?

Ich hab gestaunt, dass du diese Pancakes bekommen hast.

Ach, eine nervige Angelegenheit, aber es war Yukimura, der ...

76

... Yuki-mura getan?

Was hat ...

Ich kann mich nicht erinnern!

GREIF

Er ist wirklich ein herzlicher Mensch ...

Stimmt, Yukimura-kun ... Er kennt echt viele Leute ...

... aber dass er das für Nobunaga macht, nachdem er ihn so behandelt hat?

Was?

Beschütz Nobunaga!

Du musst dich vor Yukimura in Acht nehmen!

Hör mir zu, okay?

Und egal was auch geschieht, küsst euch nie auf den Mund. Ich bitte dich.

Du darfst dir nie von ihm ins Ohr flüstern lassen, klar?

Was ...?

Er ist die bessere Wahl.

Wenn irgendwas passiert, wende dich eher an Hideyoshi.

Ich hab keine Ahnung, was Yukimura plant ...

... aber Hideyoshi sollte nicht die Absicht haben, etwas gegen Nobunaga zu unternehmen.

Hideyoshi-kun?

Als Servant solltest du mehr über die Numbers Bescheid wissen.

Ich habe die αs getroffen und bin ein Servant geworden.

Aber trotzdem gibt es noch so viel, was ich nicht weiß.

Ich muss noch mehr über die αs erfahren.

Hideyoshi-kun.

Yukimura-kun.

Und Nobunaga ...

Damit ich überleben kann ...

Noel.

Was heißt es, mit jemandem zu gehen?

Warum haben alle darauf die gleiche Reaktion?

Fragt er mich das im Ernst?

Sag es mir.

Hört er sich selbst reden?!

Ich will dich schwängern.

Was willst du tun, Noel?

Du musst dich nicht zurückhalten.

Ich hab nichts davon gesagt, dass ich mit dir gehen will!

Das meinte ich nicht ...

Yuki-
mura!

Was
zum Teu-
fel hast du
getan?

Ich habe
nichts ge-
macht.

Yuki-
mura!

Hm?

Yukiya
und die an-
deren sind nach
Hause gegangen,
weil sie dachten,
ich werde auf
ein Date ein-
geladen.

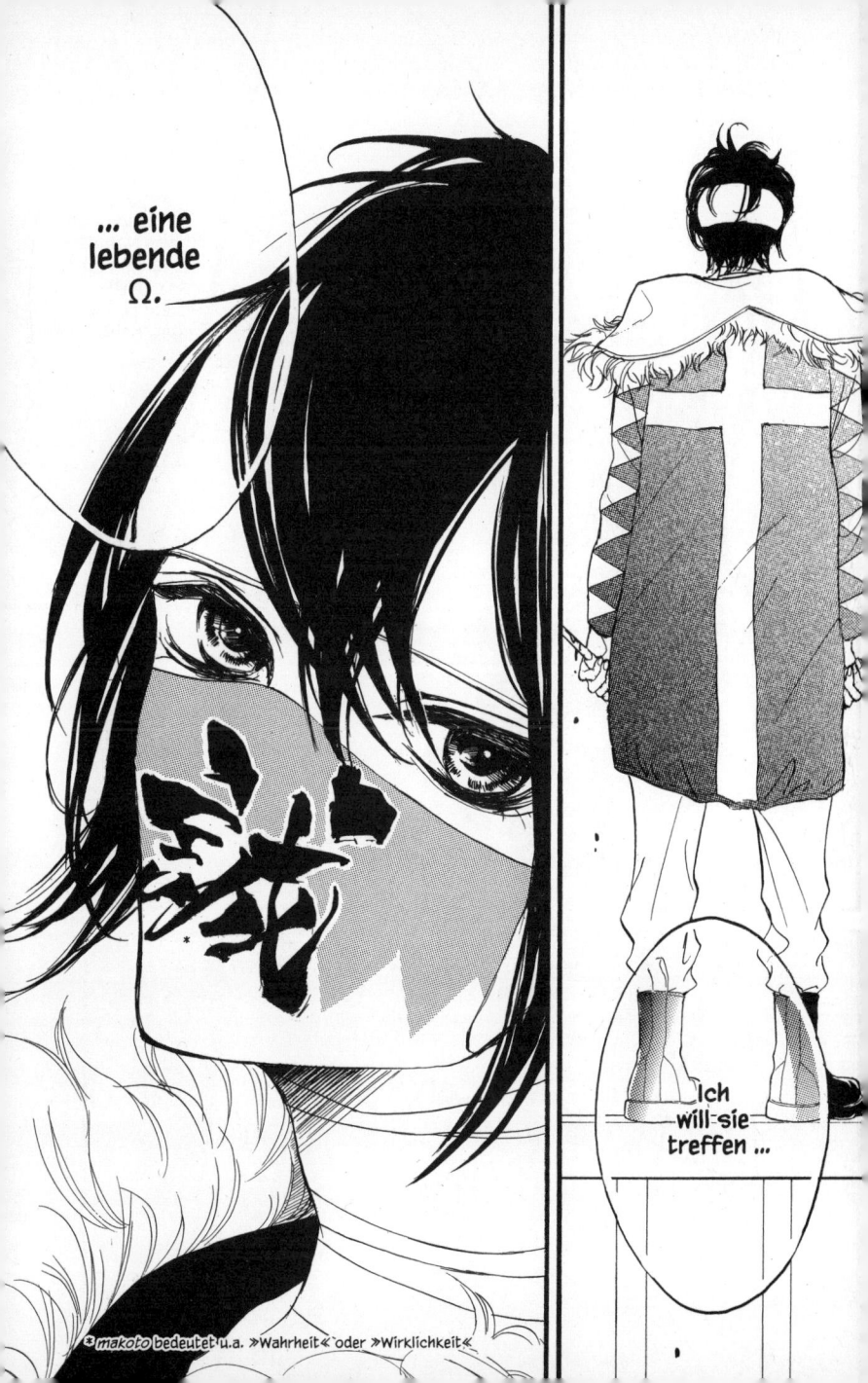

... eine
lebende
Ω.

Ich
will sie
treffen ...

*makoto bedeutet u.a. »Wahrheit« oder »Wirklichkeit«

Bite Maker

Ω of the King

Kapitel 9

Ich geh
mit dir.

Du hast
beschrieben,
was »mit ei-
nem gehen«
und »was du
tun willst«
bedeu-
tet ...

... damit
habe ich
»zu lieben«
verstan-
den.

Wie
bitte
...?

... und an beliebte Orte gehen.

Man muss sich nur hübsch machen, leckere Dinge essen ...

...

Hör auf, dich über mich lustig zu machen.

Ja, es ist lächerlich.

Du sehnst dich danach, weil du es nicht kannst.

Du willst rausgehen, oder? Ich nehme dich mit.

Wenn ich bei dir bin, wird dir nichts zustoßen.

Noe...

Hey ...

Nach draußen ...?

BLUSH

SCHRECK

SCHLECK
Huh ...
Ist es vorbei ...? Warum ...
... mein Nacken?
Bis zu deinem Zimmer solltest du keine Probleme haben.
Ich habe dich markiert.
Niemand kann Hand an jemanden legen, der so stark nach einem α riecht.

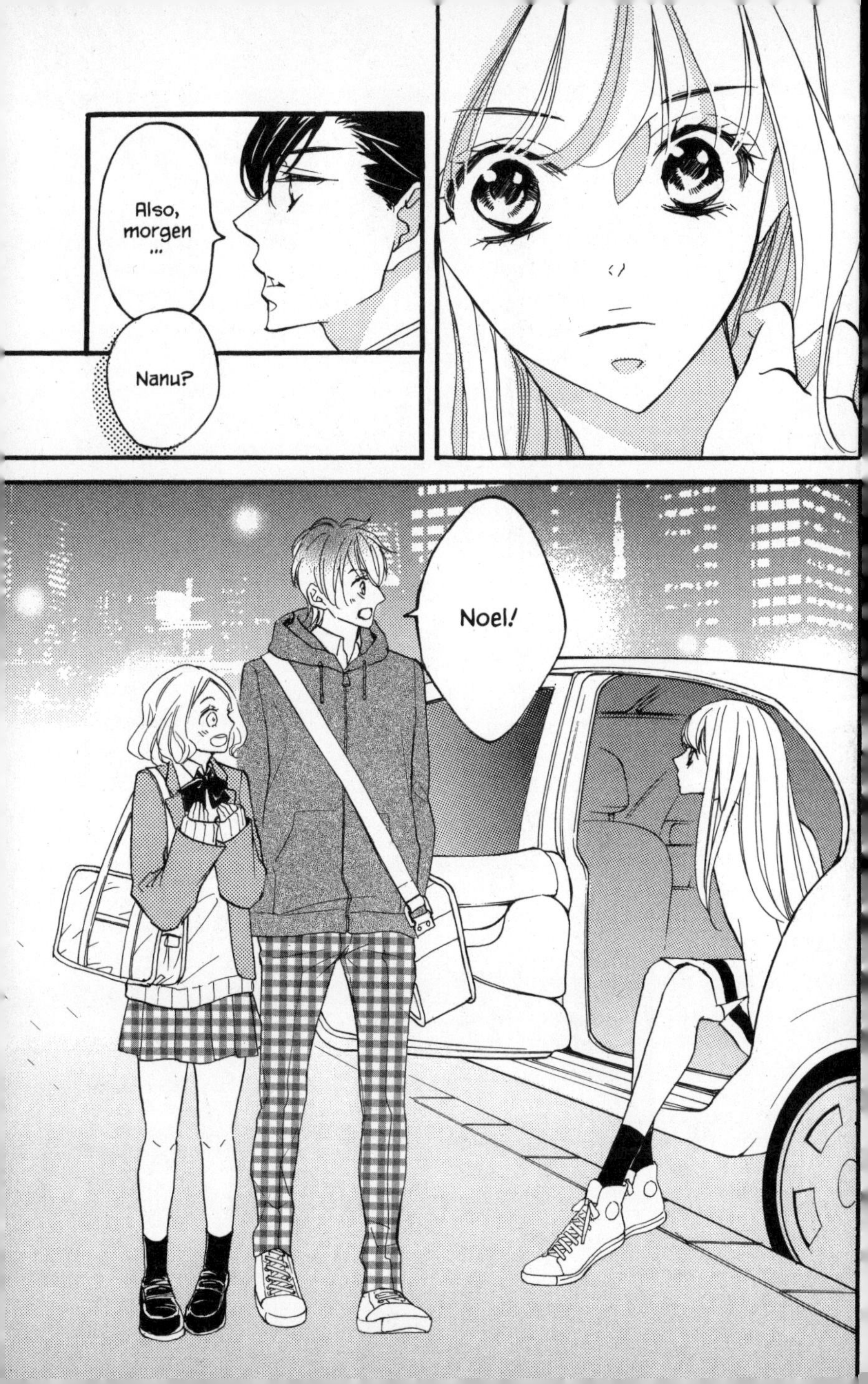
Also, morgen ...
Nanu?
Noel!

Wah, wie süß!

Das ist die Uniform der Azuchi-Momoyama!

Hiro ...

Ito!

Deine Haare sind schön so ...

Fass sie nicht an.

Du wirkst irgendwie so anders, Noel.

Wir waren so überrascht, als du plötzlich die Schule gewechselt hast!

So was von!

Wie geht's?

106

Laut diesen Infos soll Window-shopping beliebt sein.

Aber die Fashion Weeks in Paris und New York sind schon vorbei ...

?

Was soll Window-shopping überhaupt bedeuten?

Warum latscht man durch die Stadt, wenn man die Dinge überhaupt nicht kauft?

Was weiß ich!

Tokyo Date-Spots

ZETER

KEIF

Lass mich! Ich geh jetzt schlafen!!

Das ist der Stress!

Deine Haut wird rissig. Sieht schrecklich aus.

Du willst schlafen?

Ich werde ein perfektes Date für dich organisieren!

Alles ... Alles klar!

SCHMACHT

111

Lass uns ge-hen.

Wo gehen wir ... heute hin?

Erst geht's zum Window-shopping ins Omotesando Hills*.

Also ... ähm ...

*Shopping-Center in Shibuya

Wieso?

Ich war bisher nirgendwo außer bei mir zu Hause und in der Schule.

Ich habe Angst.

Das wird nicht gehen ...

Du kennst die Süßigkeitenläden hier nicht, stimmts?

SPÄH

SPÄH

Sie in echt sehen und erleben zu können, ist so wunderbar! Es ist, als wäre man in einem Juwelenladen, nein, eher wie in einem Museum ...

TOKYO
Bezirk Shibuya
Omotesando Hills

Gehen wir uns Kleidung angu- cken.

Mit dieser Brille und der Schleife gibst du dich als β aus, hm?

Das ist wirklich raffiniert.

Erst, wenn du dich umgezogen hast.

Gib mir meine Sachen zurück!

Du wolltest doch mal in so einem Laden shoppen, oder? Such dir aus, was dir gefällt.

So bist du viel attraktiver und niedlicher.

Dann kriegst du sie nicht.

Idiot!

Ich zieh mich wieder um, also hau ab.

BLUSH

Wow, wie weit ich mit den Händen reinkomme!

Hey, was ...?!

STREIF

Hyah!

Nh ...

SCHWUPP

ZUCK

Ich zieh
meine Bril-
le auf und
hau ab!

Ist
das seine
Hosenta-
sche?

GREIF

Du ...

du ...

... perver-
ser ...

Wo
sind
sie?

REIB

REIB

Hier?

Nein, du Depp!
Das ist
...

ZUCK

TOKYO
Bildungsviertel
Ein Hotel

CHINZAN-SO

Sieh mal! Wie wunderbar, ein weißer Kimono ...!

Das mit meinem Kleid muss ich mir noch mal über-legen!

Hideyo-shi ...

... was gefällt dir besser?

Mit deinem außergewöhnlichen Geruchssinn ...

... kannst du sogar Lügen riechen.

... aber sie ist nicht 100 %.

Unter den αs, die es gibt, ist bei uns beiden die Wahrscheinlichkeit hoch, dass es ein α wird, wenn wir ein Kind bekommen ...

Obwohl es meine Pflicht ist, deine Partnerin zu werden und ein α-Kind zu gebären, bin ich so ...

Tut mir leid.

Ich werde einfach die nächste potenzielle Partnerin treffen.

Hideyo-shi ...

Mach dir um mich keine Sorgen. Aber ...

Ja, und kümmer dich gut um deine Freundin. Ich glaube, sie weiß es noch nicht, aber sie steht am Anfang ihrer Schwangerschaft.

Was? Du riechst das?!

SCHNÜFFEL

Viel Erfolg.

... die da oben werden sich ganz schön aufregen, wenn sie erfahren, dass du mir einen Korb gegeben hast und stattdessen mit einer einfachen β-Frau zusammen bist.

Was, schwanger ...?!

Einem intelligenten Menschen wie dir ...

... muss das unvernünftig vorkommen. Aber ich kann nichts dagegen tun.

Obwohl ich ein α bin, habe ich mich mit der Liebe mitreißen lassen.

Glückwunsch. Genieß das.

Die Fähigkeiten der Numbers sind furchteinflößend ...

Kazu-ki.

Ich traue mich gar nicht, zu fragen, seit wann er das schon weiß ...

Nein ...
Ich verstehe das ...
Du liebes bisschen!
Du wirst ja ganz rot! Das sehe ich zum ersten Mal!
Wie niedlich!
Ka... Kazuki! uuu
Hast du dich etwa verliebt?!
Verliebt ...

Es war wie eine Angst, von etwas beherrscht zu werden.

... dann war das ein Geruch, der noch »unbekannt« ist, oder?

Wenn du das nicht identifizieren kannst ...

Oder etwas, das wie die Dinosaurier als ausgestorben gilt.

... oder ein unbekanntes Tier.

Ein Volksstamm, der in einem unerforschten Gebiet im Ausland lebt ...

Wie zum Beispiel etwas, das dir vorher noch nie begegnet ist.

Oder die Pheromone von jemandem.

Der Geruch einer vom Aussterben bedrohten Art. Ein Ω.

Aoni-sama.

Ein Ω? Unmöglich ...

KLAPP

Das gesamte Hotel ist reserviert?

Bitte verzeiht.

Jemand hat das ganze Hotel ab jetzt gebucht.

Okay ... kein Problem ...

... als wäre ich betrunken ...

Ich habe plötzlich keine Kraft mehr ...

Aoni-sama!

Dieser Geruch ... wie von einer reifenden Frucht ...

... als würde die Luft knapp werden.

... und ein bisschen ...

Selbst Euch dürfte ich diese Informationen über Kund...

Agh ...!

Wer hat das Hotel reserviert?!

Ugh!

PACK

Dieser Geruch ...

Dieser Geruch gehört zu einem Ω.

Kein Wunder, dass der Bubbletea-Laden so beliebt ist!

ズズズー！

Lecker!

SCHLÜRF

Das ist jetzt schon das dritte Getränk, bei dem du das sagst ...

Na ja. Schlecht ist es nicht.

Du trinkst viel zu viel ...

Das war das erste Mal, dass ich ein Date hatte ...

... und es war nicht schlecht.

Ich fand es ...

... auch ganz okay.

Du musst immer das letzte Wort ha-ben.

Dann müssen wir uns wohl ...

WEND

... noch mehr ver- gnügen!

Hä ...?

Was ...

Keine so schlech- te Idee.

An- scheinend kauft man auf einem Date seinem Partner Klei- dung ...

... da- mit man sie danach ausziehen kann.

?!

Diesmal haben wir auch genug Zeit.

CHINZAN-SO

Gut.

Hey ...

... was ...

Es ist ganz, wie Sie wünschen.

Wir haben Sie erwartet, Suo-sama.

Nobunaga, warte ...!

KNALL

KNALL

Nobu- naga!

Lass ...

KLACK

KLACK

KLACK

Ist
das ...

... ein
Nacht-
schwimm-
bad?

Die Nacht fängt gerade erst an.

Der Geruch ist ganz nah ...

... ein Ω ... ist hier.

Kapitel 10

CHINZAN-SO

Gut. Dann bist du hiermit auch entlassen.

Vielen Dank.

Die Angestellten sind ebenfalls nach Hause gegangen.

Wir haben das komplette Gebäude überprüft. Es ist kein Gast mehr anwesend.

PIEP

TAPP
TAPP

144

Ich werde mich keinen Schritt bewegen, bis ich es weiß ...

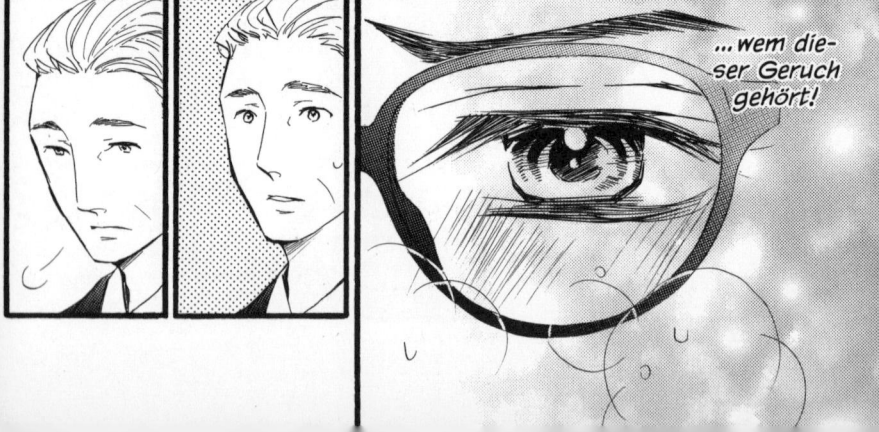

...wem dieser Geruch gehört!

... schon
seit Ihr klein
seid, einen gro-
ßen Eindruck
bei mir hin-
terlassen.

Heh ...

Du
hast was
gut bei
mir ...

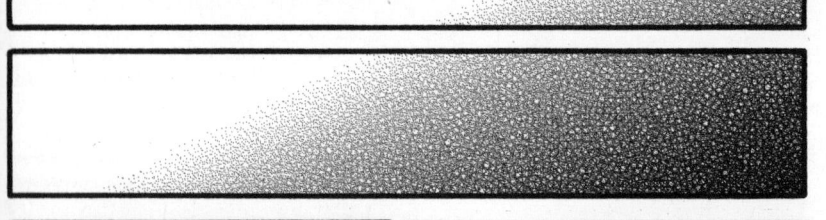

GATSCHAK

Ein Ω ist hier? Lächerlich!

POCH

Ein Ω ist hier.

Ωs sind doch quasi ausgestorben. Unmöglich, dass einer hier sein soll.

POCH

Deswegen ...

... hat sich mein Herz so still verhalten. Nichts hat es zum Klopfen gebracht. Es hat ohne jegliche Erwartungen geschlagen.

Das ist der beste Beweis, dass es keine mehr gibt!

Seit meiner Geburt sind die öffentlichen Schutzeinrichtungen für Ωs komplett verschwunden.

Und jetzt soll es doch das Los des Schicksals gezogen haben?

Nehmen wir mal an ...

Der unbekannte Geruch. Die Ankunft der neuen α, Noel Mamesaki.

Es sind so viele merkwürdige Dinge passiert ...

... sondern eine Ω ist ...

... dass Noel keine α ...

Die Gefühle stürzen auf einen ein.

Egal wie viele Gründe man dagegenstellt, er wird nicht aufhören danach zu suchen, bis er seinen Willen bekommt.

Der Instinkt stellt sich über den Verstand und beherrscht ihn.

... dann fängt so die Zerstörung an.

Ich habe bald aufgehört, mich mit anderen Menschen abzugeben.

Aber selbst als ich aktiv nach ihnen gesucht habe, habe ich sie nirgendwo gefunden.

Und dann hat die Rut meine Welt zerstört.

Über die Geschlechter (α-Edition)
Gesundheits- und Leibeserziehung für den Unterricht zu Hause

Fortpflanzung • Paarung
Brunst

Seit ich ein Kind bin, habe ich Angst vor der Rut.

Dass sie mich erbarmungslos überkommt.

Spa • Pool

Der Geruch kommt von weiter oben.

Und da ist ...

Bite Maker – Band 3 – Ende

Bite Maker
Ω of the King

Nachwort

Hinter den Kulissen
von *Bite Maker*

Ich werde mich dir komplett hingeben!

Diesmal gibt es bei »Hinter den Kulissen« einen Guide, wie ihr innerhalb von drei Minuten das Omegaverse von Miwako Sugiyama verstehen könnt!

Kommt ihr noch mit?

Es kommen immer wieder zusätzliche Infos zu der Welt hinzu. Könnt ihr den überblick behalten?

Dank eurer Unterstützung sind wir schon beim dritten Band von *Bite Maker!*

Vielen Dank!

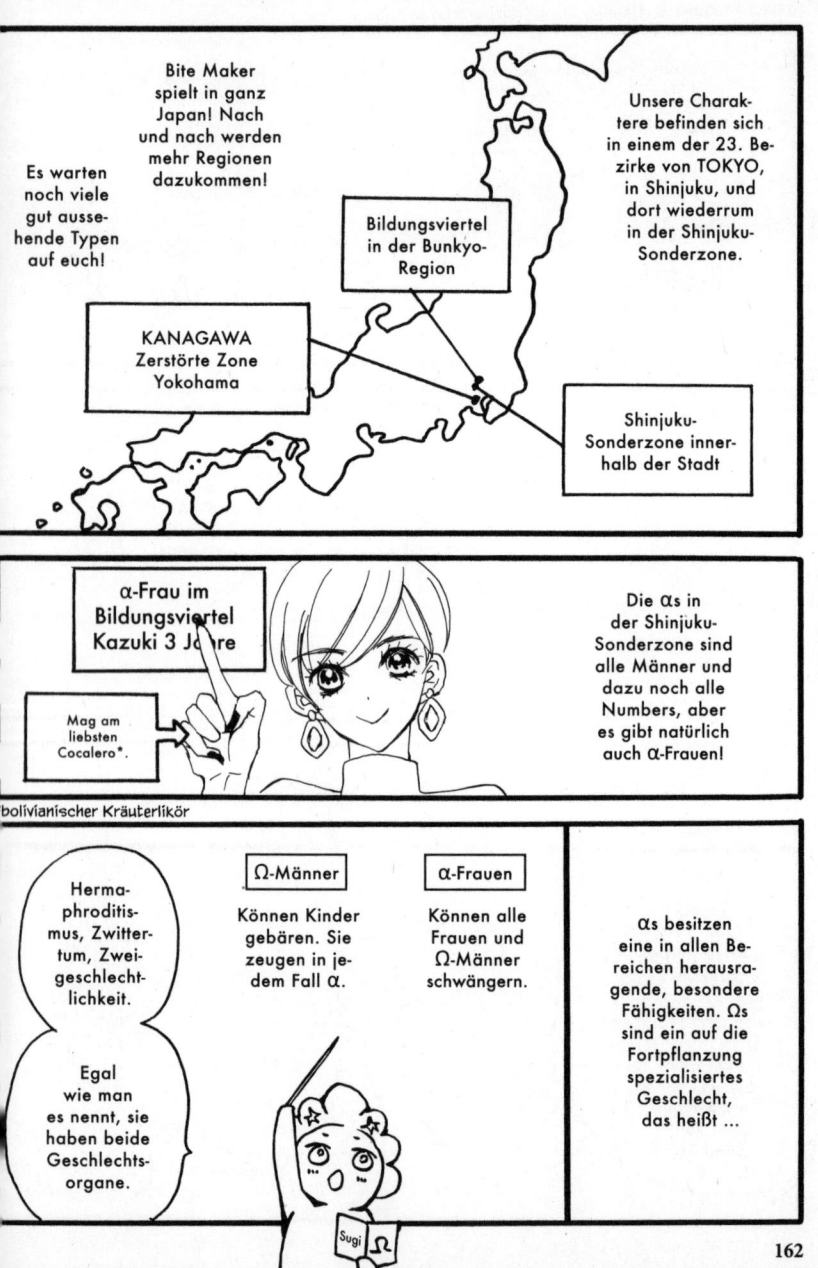

*bolivianischer Kräuterlikör

Hinter den Kulissen von *Bite Maker*

Kommen wir zur Rut und Heat – der Brunstzeit.

α-Frau | α-Frau

Hideyoshis Eltern sind beides Frauen.

α-Mann

Number

Wie eine zweite Wachstumsperiode, welche man nur bei αs und Ωs beobachten kann.

Die Brunstzeit der αs heißt Rut, die der Ωs Heat. Die erste Brunst setzt zwischen 16 und 18 Jahren ein!

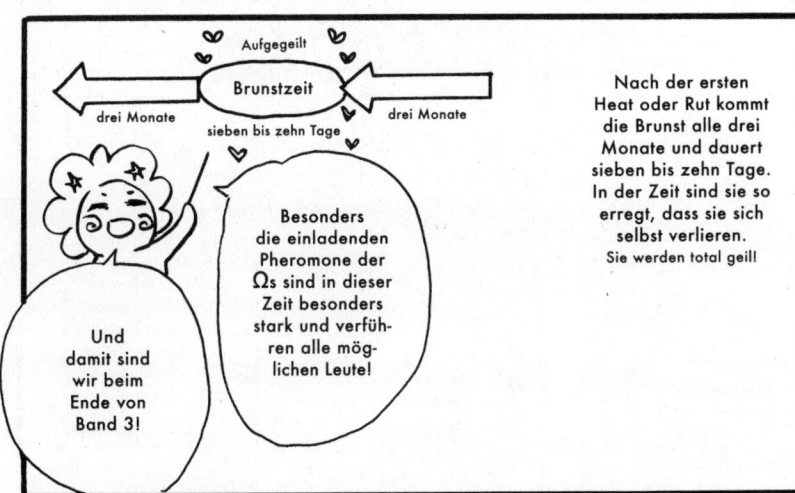

Aufgegeilt

Brunstzeit

drei Monate

sieben bis zehn Tage

drei Monate

Besonders die einladenden Pheromone der Ωs sind in dieser Zeit besonders stark und verführen alle möglichen Leute!

Und damit sind wir beim Ende von Band 3!

Nach der ersten Heat oder Rut kommt die Brunst alle drei Monate und dauert sieben bis zehn Tage. In der Zeit sind sie so erregt, dass sie sich selbst verlieren. Sie werden total geil!

Hinter den Kulissen von *Bite Maker* – Ende 😊 Ich hoffe, wir sehen uns in Band 4 wieder!

Profil der Autorin

Miwako Sugiyama wurde am 28.11. im Sternzeichen des Schützen geboren. Sie stammt aus der Präfektur Tokyo. Ihre Blutgruppe ist A.

Ihr erstes Werk als Künstlerin war *Sweet Sweet Sweet*. Die Geschichte wurde im Sommer 2002 in einer Sonderausgabe von *Chao Deluxe* veröffentlicht. Gegenwärtig arbeitet sie für das Magazin *&flower*.

Message der Autorin

Meine Nackenhaare waren seit einiger Zeit ziemlich kaputt und sind mittlerweile sogar völlig verschwunden. Wahrscheinlich sind sie abgestorben, weil ich sie zu stark gebleicht habe. Ich hoffe, ihr habt viel Freude mit dem dritten Band.

TOKYOPOP GmbH
Hamburg

TOKYOPOP
1. Auflage, 2020
Deutsche Ausgabe/German Edition
©TOKYOPOP GmbH, Hamburg 2020
Aus dem Japanischen von Lina Ballhus

BITE MAKER -OUSAMA NO Ω- 3 by Miwako SUGIYAMA
©2019 Miwako SUGIYAMA
All rights reserved.
Original Japanese edition published by SHOGAKUKAN.
German translation rights arranged with SHOGAKUKAN
through The Kashima Agency.
Original cover design: kanai-design

Redaktion: Lisa Duty
Lettering: Vibrant Publishing Studio
Herstellung: Mathias Neumeyer, Britta Philipp
Druck und buchbinderische Verarbeitung:
CPI – Clausen & Bosse GmbH, Leck
Printed in Germany

Wir achten auf die Umwelt.
Dieses Produkt besteht aus FSC®-zertifizierten
und anderen kontrollierten Materialien.

ISBN 978-3-8420-6771-4

Bite
Maker
Ω of the King

STARLIGHT DREAMS

Miwako Sugiyama

Wie ein leuchtender Stern am finsteren Himmelszelt

Nachdem Sei es auf die angesehene Nakano-Higashi-Highschool geschafft hat, sucht sie nach einer Möglichkeit, ihrem Schulleben eine positive Wendung zu geben. Beim Anblick der Sternwarte kommt sie auf die Idee, sich fortan der Astronomie zu widmen. Die sympathischen Jungs Taiyo und Mizuki heißen Sei im Astroklub willkommen und erklären ihr alles, was sie wissen muss. Doch Seis Blicke wandern zwischen den Sternschnuppen am Himmel und den Jungs an ihrer Seite immer hin und her ...

www.tokyopop.de

UNSER UNSTILLBARES VERLANGEN

Keri Kusabi

Heiße Spielchen im Omegaverse!

In einer Welt, die in Alphas, Betas und Omegas eingeteilt ist, hat Takaba Glück gehabt: Er ist ein Alpha und von Natur aus ein Anführer. Als er in ein neues Unternehmen wechselt, sieht er sich allerdings mit seinem größten Hassobjekt konfrontiert: einem Omega in einer Führungsposition! Mit ihren ausströmenden Pheromonen sind sie für Alphas und Betas unwiderstehlich. Takaba muss sich vor seinem neuen Chef in Acht nehmen, doch lang lassen die Verfänglichkeiten nicht auf sich warten ...

www.tokyopop.de

DROWNING INTO THE NIGHT

Anna Takamura

Schicksalhafte Leidenschaft

Wenn ein erfolgreicher Arbeitstag zu Ende geht, hat es Yukishiro erneut geschafft: Er konnte seine Rolle als aufstrebende Führungs- kraft erfüllen und seine wahre Identität ein weiteres Mal schützen. In den elitären Kreisen des Großkonzerns würde niemand anzweifeln, dass das Blut eines Alphas in seinen Adern fließt. Doch in Wirklich- keit ist er ein Omega. Als der charismatische Vizepräsident Hiiragi, ein Alpha, von seiner Auslandsreise zurückkehrt, spürt er instinktiv, dass Yukishiro nur eine Rolle spielt. Führt das Schicksal zwei »See- lenpartner« zusammen oder stürzt es Yukishiro ins Unglück?

www.tokyopop.de

NAUGHTY TEMPTATION

Hiraku Miura

»Was dir gehört, gehört auch mir!«

Mahokos bester Freund Chise ist ein ausgefallener Typ: Er steht
auf Crossdressing und gibt Mahoko die besten Schminktipps.
Die beiden sind seit ihrer Kindheit unzertrennlich und teilen alles miteinander. So offenbart Chise ihr auch, dass er auf Männer
steht. Umso überraschter ist Mahoko, als er sich eines Tages an
sie ranmacht und plötzlich Besitzansprüche erhebt ...

www.tokyopop.de

UNWIDERSTEHLICHER S

Ai Hibiki

Ich werde eine vorzügliche Liebhaberin!

Da ihr Vater hoch verschuldet und die Mutter sehr krank ist, beschließt Miku ihre Familie aus der finanziellen Notlage zu befreien. Sie will sich einem reichen Verwandten als Mätresse anbieten, wird jedoch bereits an den Toren des Anwesens vom Butler abgewiesen, da sie zu unerfahren sei. Was Miku an Kenntnissen in Sachen Liebe fehlt, gleicht sie jedoch mit Hartnäckigkeit aus. Und so muss sie sich ausgerechnet von dem gut aussehenden Butler Sogo »Liebesunterricht« erteilen lassen, um die Position der Liebhaberin zu ergattern ...!

www.tokyopop.de

DEIN VERLANGEN GEHÖRT MIR

Ai Hibiki

Nichts als Sex im Kopf!

Frauenheld Mahiro und Musterschülerin Rei leben durch die Heirat ihrer Eltern ab sofort unter einem Dach! Da Mahiro hobbymäßig in jeder freien Minute mit Mädchen zusammen ist, zieht er sich den Zorn von Rei zu, die ihn deswegen offen kritisiert. Dafür will er sich rächen, doch damit nimmt das Unheil seinen Lauf, denn jetzt lässt Rei ihm keine ruhige Minute mehr ...!

www.tokyopop.de

VERLIEBT IN PRINZ UND TEUFEL?

Makino

Traumprinz vs. heißer Bösewicht

Für die Highschool hat Yu es zu ihrem Ziel erklärt, mit dem Schwarm der Schule (bekannt als der »weiße Prinz«) zusammenzukommen. Doch dabei gerät sie immer wieder mit seinem düsteren, unfreundlichen Kumpel, schulbekannt als der »schwarze Teufel«, aneinander. Zwischen ihm und Yu entsteht eine Hassliebe, bei der keiner bereit ist, klein beizugeben. Und plötzlich ist Yu sich gar nicht mehr so sicher, in wen sie eigentlich verliebt ist ...

www.tokyopop.de

KÜSS MICH RICHTIG, MY LADY

Kayoru

Liebe, Luxus, Leidenschaft

Nene weiß, was sie will, und sie bekommt, was sie will. Vor allem von Sakuma, ihrem persönlichen Butler. Schon als Nene ein kleines Mädchen war, las er ihr jeden Wunsch von den Augen ab. Auf die Erfüllung eines bestimmten wartet Nene jedoch vergeblich: eine romantische Liebeserklärung. Als Nenes Vater plötzlich mit einem Verlobten für sie vor der Tür steht, fasst sie einen Entschluss: Wenn sie jetzt schon die Rolle einer Ehefrau ausfüllen soll, dann bitte vorbereitet! Und kein anderer als Sakuma soll sie dabei anleiten ...

LIEBE KENNT KEINE DEADLINE!

VERRÜCKT NACH EINEM MANGAKA

Kayoru

Verführerisch-freche Highschool-Lovestory à la Kayoru!

Ichika, hübsche Tochter aus reichem Hause, scheint das Sinnbild der perfekten Schülerin zu sein. Was jedoch kaum jemand weiß: Sie ist ein leidenschaftlicher Otaku und gibt sich in ihren Tagträumen schönen Mangahelden hin. In die Realität holt sie der Rowdy Subaru zurück, der sie nach einem Streit plötzlich verschleppt und sich kurz darauf als ihr Lieblingsmangaka vorstellt ...!

www.tokyopop.de

DEINE TEUFLISCHEN KÜSSE

Kayoru

Teuflisch-süße Highschool-Lovestory à la Kayoru!

Als Mokas Vater seinen Job verliert und die ganze Familie plötzlich kein Dach mehr über dem Kopf hat, kommen sie dank Mokas Klassenlehrer Herrn Onimiya, Spross einer reichen Unternehmerfamilie, an eine günstige Wohnung. Auf Geheiß ihrer Verwandten soll Moka allerdings bei ihrem Lehrer wohnen – in der Hoffnung, dass sie sich verlieben und später heiraten. Doch der geliebte Lehrer ist in Wirklichkeit ein Teufel, der sie bei jeder Gelegenheit schikaniert ...

www.tokyopop.de

NACH DER SCHULE: LIEBE

Kayoru

Erotische Highschool-Lovestory à la Kayoru!

Weil Schülerin Komachi ein nettes Äußeres hat, wird sie auf Wunsch der Eltern mit dem zuvorkommenden und gut aussehenden Schülerratspräsidenten Sakuya verlobt, für den sie schon so lange schwärmt. Überglücklich sieht sie dem gemeinsamen Zusammenleben entgegen, doch schon am ersten Abend zeigt Sakuya sein zweites Gesicht und macht mit ihr, was er will. So hatte sich Komachi das alles nicht vorgestellt ...

www.tokyopop.de

BLIND VOR LIEBE

Mio Mamura

Antrag auf den ersten Blick

Sena hat es wirklich nicht leicht! Während ihre Mitschülerinnen ihr Leben an der Highschool genießen, arbeitet sie nebenher als Reinigungskraft, um den Schuldenberg ihres Vaters abzubauen. Als sie in einem Firmengebäude auf den jungen Chef des Unternehmens, Kei Ogasawara, trifft, macht der ihr augenblicklich einen Heiratsantrag. Ein Schock! Doch er bleibt hartnäckig und zieht sie immer weiter in seine High-Society-Welt hinein. Könnte es sein, dass sie ihn schon länger kennt?

www.tokyopop.de

DO SOMETHING BAD WITH ME
Haru Aoi

My Bucket List of Love

Wer Hilfe benötigt, ist bei Musterschülerin Towako bestens
aufgehoben, denn sie ist freundlich, ordentlich und hilfsbereit.
Vorausgesetzt man ist ein Mädchen, denn Towakos Hass auf
Jungs ist schulbekannt! Gerade frisch an der Highschool, lernt
auch der hübsche Yui ihre kühle Art kennen. Als ihm Towakos
Notizen in die Hände fallen, erfährt er ihr Geheimnis: Nur zu gern
würde sie mit einem Jungen unanständige Sachen machen ...

www.tokyopop.de

KUSS UM MITTERNACHT
Rin Mikimoto

Eine echte Cinderella-Story

Musterschülerin Hinana hat ein kleines Geheimnis: Hinter ihrer ehrgeizigen Fassade steckt auch nur eine einfache Schülerin, die sich verlieben möchte. Als bekannt wird, dass Superstar Kaede Ayase in ihrer Schule einen Film dreht, ist sie vollkommen aus dem Häuschen. Doch dann ertappt sie Kaede dabei, wie er einem Mädchen auf den Hintern glotzt. Obwohl Hinanas perfektes Bild von ihm zerbricht, fühlt sie sich weiterhin von ihm angezogen ...

www.tokyopop.de

FESSELN DER LIEBE
Yuki Shiraishi

Gefangen von deinem Lächeln

Nach zehn Jahren trifft Yori seine Jugendfreunde Shizuku und Subaru wieder, mit denen er als Kind die Schauspielschule besucht hat. Die beiden haben sich mittlerweile im Showbusiness einen Namen gemacht. Vor allem die hübsche Shizuku drängt Yori sich auch in diesem Metier zu etablieren. Doch der glaubt, total untalentiert zu sein. Shizukus Lächeln kann er allerdings nicht widerstehen ...

HONEY COME HONEY

Yuki Shiraishi

Mein Brummbär mit der zarten Seele

Die zierliche Mitsu liebt niedliche Dinge über alles. Eines Tages findet sie heraus, dass ihre Lieblingsaccessoires von dem düsteren Kumagaya aus ihrer Klasse hergestellt werden. In Wahrheit ist dieser »grausame Grizzly« nämlich ein sehr sensibler Junge, und seiner unbeholfenen, liebevollen Art kann Mitsu einfach nicht widerstehen ...!

www.tokyopop.de

ZUM GLÜCK BEI DIR

Rika Enoki

Priester, Nachbar, Herzensdieb!

Die 16-jährige Yae zieht für ein ganzes Jahr von Tokyo aufs Land. Schon am ersten Tag in ihrer neuen Heimat begegnet sie einem charmanten Mann namens Oda, der sich nicht nur als Priester des örtlichen Schreins, sondern auch als ihr Nachbar herausstellt! Um Yae den Einstieg in ihr neues Leben zu versüßen, bietet er ihr seine Hilfe und sogar einen Job als Schreinmädchen an. Yae ist Oda sehr dankbar, doch schnell wird ihr bewusst, dass er mehr von ihr will ...

www.tokyopop.de

LOVESICK ELLIE

Fujimomo

#einhochaufunsversaute

Eriko ist mit 16 Jahren noch nie richtig verliebt gewesen und fühlt sich unsichtbar. Umso mehr verliert sie sich in die Online-Welt und wird süchtig nach ihrem anonymen Twitter-Account @ellie__lovesick, wo sie als »Ellie« ihre Liebesfantasien mit ihrem Schwarm Ohmi tweetet. In der Realität ist dieser der beliebteste Schüler der Highschool und absolut nicht so, wie Eriko ihn sich vorstellt: unverschämt, ruppig und total unromantisch! Als ausgerechnet er Erikos Account entdeckt, bietet er ihr an, all ihre Fantasien mit ihm auszuleben ...

www.tokyopop.de

ALLER ANFANG IST SEX
Chiyori

Erst Sex, dann Liebe?!

Nach der Scheidung ihrer Eltern hat es Ari nicht leicht. Erst recht nicht, als ihr Vater nur ein Jahr später eine andere Frau heiraten will. Die Hochzeit muss Ari unbedingt verhindern, und so schmiedet sie einen Plan: Um ihrem Vater zu zeigen, was für ein Mensch sein zukünftiger Stiefsohn Ritsu ist, fragt sie diesen unverblümt, ob er mit ihr schlafen will. Und tatsächlich wird die gemeinsame Nacht alles verändern ...

www.tokyopop.de

ATEMLOSE LIEBE

Kanan Minami

Endlich Highschool – endlich einen Freund?!

Yuka hat sich vorgenommen, auf der Highschool einen Freund
zu finden. Dafür schließt sie sich den beliebten Mädchen an,
obwohl sie mit ihnen im Grunde gar nichts anfangen kann.
Sie verliebt sich auch prompt in den coolen Kentaro, doch der
scheint gar kein Interesse an ihr zu haben. Trotzdem hilft er ihr
immer wieder aus der Patsche ...

www.tokyopop.de

DER FRÜHLING MACHT MICH GANZ VERRÜCKT

Chia Teshima

Herz über Kopf

Nao ist ein Kopfmensch. Sie wägt alles gründlich ab und lässt sich immer nur auf die Dinge ein, die sie auch auf jeden Fall gemeistert bekommt. Aber dann trifft sie auf Shun! Er ist charmant, wankelmütig und für Nao absolut unberechenbar. Sich auf ihn einzulassen, würde gegen all ihre Prinzipien verstoßen. Doch das erste Mal in ihrem Leben fragt sie sich, wie es wohl wäre, der Stimme ihres Herzens zu folgen ...

www.tokyopop.de

BEZIEHUNGSSTATUS: ES IST KOMPLIZIERT!

Chia Teshima

Ganz schön schwierig, einfach nur verliebt zu sein!

Wer sein Herz zur Rede stellt, bekommt nicht immer eine klare Antwort. Yuha kennt dieses Problem, denn so schnell, wie sie sich verliebt, so schnell beginnt sie auch an sich und ihren Gefühlen zu zweifeln. Um das nächste Gefühlschaos zu verhindern, hält sie die Beziehung mit ihrem derzeitigen Freund, dem Studenten Kono, geheim. Doch dann erfährt sie von ihrem Kollegen Kiryu, dass Kono zweigleisig fährt. Mit Kiryus Unterstützung stellt sich Yuha der Wahrheit ...

www.tokyopop.de

STOPP!

Dies ist die letzte Seite des Buches!
Du willst dir doch nicht den Spaß verderben
und das Ende zuerst lesen, oder?

Um die Geschichte unverfälscht und original-
getreu mitverfolgen zu können, musst du es
wie die Japaner machen und von rechts nach
links lesen. Deshalb schnell das Buch um-
drehen und loslegen!

So geht's:

Wenn dies das erste Mal sein
sollte, dass du einen Manga
in den Händen hältst, kann dir
die Grafik helfen, dich zurecht-
zufinden: Fang einfach oben
rechts an zu lesen und arbeite
dich nach unten links vor.
Viel Spaß dabei wünscht dir
TOKYOPOP®!